活在当下

陈锦鸿　著

天津出版传媒集团
百花文艺出版社

图书在版编目（CIP）数据

活在当下 / 陈锦鸿著 . -- 天津 : 百花文艺出版社 ,
2023.8
ISBN 978-7-5306-8611-9

Ⅰ . ①活… Ⅱ . ①陈… Ⅲ . ①随笔－作品集－中国－当代 Ⅳ . ① I267.1

中国国家版本馆 CIP 数据核字 (2023) 第 159168 号

活在当下
HUOZAI DANGXIA
陈锦鸿　著

出 版 人：薛印胜
责任编辑：郑　爽
装帧设计：皓　月
出版发行：百花文艺出版社
地址：天津市和平区西康路 35 号　　**邮编：**300051
电话传真：+86-22-23332651（发行部）
+86-22-23332656（总编室）
+86-22-23332478（邮购部）
网址：http://www.baihuawenyi.com
印刷：廊坊市海涛印刷有限公司
开本：880 毫米 ×1230 毫米　1/32
字数：60 千字
印张：3.25
版次：2023 年 8 月第 1 版
印次：2023 年 8 月第 1 次印刷
定价：39.00 元

如有印装质量问题，请与廊坊市海涛印刷有限公司联系调换
地址：河北省廊坊市安次区码头镇金官屯村海涛印刷有限公司
电话：（0316）2516002　邮编：065000

自序

我从小喜爱读书，尤其是中华优秀传统文化的经典书籍。有几年，我深入学习，一天中有十六个小时沉浸于美妙的阅读中。

大约五年前，我有幸领悟到生命的深层次原理。那真是瞬间的事，也是极简单的事，从庸常的角度、概念之中跳出来再观之，那个更广大深奥的宇宙即在当下。我是幸运的，成为那个开悟的人。之后，我开始通过小视频对外宣讲开悟之路，希望帮助到有缘人客观认知大道本质，在这个美好的世界，我快乐地践行着自己的使命。

许多朋友好奇地对我说，既然开悟了，那就留下一些文字。我对自己也说，我有责任留下什么东西。但很惭愧，这些内容从文学角度审看，在表达上显得有些粗糙，但这些文字，是自然而然流露出来的，仿佛我摁下一个开关，一股山涧小溪，便淙淙流出……

老实讲，这是我基于中华优秀传统文化基础上的亲身体验和感悟，不打诳语。我理解的开悟，本自具足，本自觉醒，本自究竟，本自无量。不是理论上的要要嘴皮子，不是文字上的过过学术瘾，而是实实在在，真真切切，不可思议。

愿与亲爱的读者分享。

2022 年 9 月 13 日

目录

人世间你是谁

你桶底脱落了吗

人世间你是谁

人世间那点儿事

人世间那点儿事，无非名利，无非生死，无非情深深雨濛濛，无非“无非”二字。

说得多么轻巧呀，感觉你能脱离其中似的！名可名非常名又是名，利可利非常利必是利。

生从何生，逝往何去。我敢问人间情为何物？直叫人懵了一圈又一圈！人世间那点儿事，可大可小，大到无尽的时空皆是此事，小到当下的当下竟没有此事。

生活的苦

生活，至少在地球上的生活，永远不是我们想要的那样。

我们想它这样，它偏偏那样，总是不尽人意，不如意！几乎等同于生活，开悟的人随缘安住。身在苦丛中，片苦不沾身。

没开悟的普通人，与不如意合为一体，苦不堪言。路上行人亦复如是。

苦是怎么来的

每个人都不喜欢苦，自讨苦吃的除外。苦苦乐乐是怎么回事呢？比如今天没吃饭、肚子饿、饿得慌，为什么是饿？百思不得其解。为什么会苦？为什么痛痛的、恼恼的、疼疼的、烦烦的？千想万想也想不明白，明白了就好了。

身在苦丛中，片苦不沾身。若是不明白身在苦丛中，苦了一遍又一遍再一遍，不能自拔，无有出期。

苦苦的苦是怎么来的呢？举个例子你就懂了。比如我想要面朝大海春暖花开，结果看到的是小河寒冬；比如我想要世外桃源的房子，结果发现大城市里的一个洗手间都买不起；比如我想要一辆最贵的摩托车领略祖国大好风光，结果家里只有一辆凤凰牌自行车。

诸如此类，我想要的都在别人手里。闷得慌，苦就产生了。还有更苦的，该有的都有了，却又开始想入非非。

举个例子你就懂了。我想到月亮上和嫦娥姐姐见一面；想到太阳上感受一下万古热情；想此时此刻就能看到北极的光；我想……哇塞，够浪漫的！发现了吗？苦都是想出来的。

以此类推，乐也可以想呀！举个例子你就懂了。哇！今天好开心呀，终于学会做黄花菜豆腐汤了；哇！今天好开心呀，终于学会骑自行车了；哇！今天好开心呀，终于考了 49 分（之前一直都是 39 分）。总之，就是开心！

你开心就好

常言道：百年人生一场梦。这不是理论，是千真万确的事情。

你仔细体会，无尽的时空是一个念，一个念又是无尽的时空。

百年人生是一场梦。在梦里又出来一个人生，人生又是一个梦。梦是人生，人生是梦。梦里有人生，人生里有梦。循环往复，多几次，再多几次。

朋友们，此时此刻，你能分清楚哪个是哪个？你开心就好啦！

生死离别

平时我总是喜欢说，这是一切相层次，这是空层次，这是空有合一层次。说是这么说，真要去做挺不容易的。

悲欢离合，酸甜苦辣，生老病死，阴晴圆缺。人世间哪一样事情容易？都不容易！所以才要天天讲，反复讲！讲 49 年，再讲 49 年！

新概念

旧概念，新概念，新旧念念。每个人每天都停留在各种各样的概念里！徘徊着，这个是好的，那个是坏的；这个是我的，那个是他的。

一念接一念接着一念！若能刹那明白，一切相的本质皆是概念；一切的一切的一切，皆是名可名非常名；你便开启了身在苦丛中片苦不沾身的新人生！

念

今心为念，当下当下；刹那刹那，念念叠加；念念交串，念念流布。

恰似大蜘蛛的蜘蛛网。每个人都活在自己编织的念网里，痛并快乐着，苦并热闹着；每个人都活在自己的念念相继里。

每个念念太过于微细，太过于隐秘，太过于不可思议。

我们时时刻刻，分分秒秒，随念逐流。我们蓬勃着，激扬着，不顾一切！冲刺着！嗯，此时此刻的我们，又在想什么呢?

自生虫

奇哉奇哉！一切有情皆可自生虫！

一个水果，一片树叶，一朵芳花，一只蚂蚁，一只小蜗牛，乃至一人，无一例外！

试问此虫从哪里来到哪里去?无所从来亦无所去呀！霎时间，普通人全懵圈了。此话怎讲?快快道来呀！

一花一世界，既是世界又怎能少了虫；一叶一菩提，既是菩提又怎能少了虫；一人一无漏，既是无漏又怎能少了虫。

虫虫虫，冲冲冲，嗯嗯嗯！一切有情皆可自生虫也。说是自生，实为本有。比如我中本来有你，你中本来有我，他中本有你我。

之所以一会儿是你，一会儿是我，一会儿是他，那是因为是你的时候，正好轮到你；是我的时候正好轮到我；是他的时候正好轮到他；是虫的时候正好轮到虫。

女士们，先生们，朋友们，一切有情皆可自生虫也。

懂了吗？

双眼一闭不睁你在哪里

眼睛一睁一闭，一天过去了。眼睛一闭不睁，一生逝去了。你知道自己在哪里吗？答案是不知道！知道了就开悟了。

许多朋友总问，开悟的意义是什么？看，这就是活着的时候，知道你在想什么，知道你在做什么，知道你到哪里去。

归到何处去

奇哉奇哉！我们每天都在滚烫的种子当中翻腾着，瞎闹着！还白以为这翻腾，这滚烫，这瞎闹，这浩浩荡荡，万里千山都是自己的广大能耐！

奇哉奇哉！在异常滚烫的种子里面，我们彻底迷失了。犹如行走在漆黑长夜，又好像是井底青蛙蹦蹦跳跳可爱极了。说时迟那时快，啪的一声，万古长夜的上空，划出一道极光。隐约听到：正念直来，我能护汝！嗯，这道不可思议光，就是归处！

种子翻腾

每天每个人都在随风飘荡，飘呀飘，不知飘到何处，完全不由自主。

随着许久以来的种子翻腾翻滚着，就这样滚着。滚雪球似的浩浩荡荡，万里千山，永无停息，苦不堪言。

我们为什么要开悟呀？女士们，先生们，朋友们，就是要在这滚烫红尘中展现些许清凉。也唯有在清凉树下，才能稍微看清许久许久以来的种子翻腾,都是自己在闹腾！

坚固

一个人，一间房，日复一日，年复一年！

做着同样的动作：盘腿、直腰、合手、呼吸。

他在寻找开悟。一个人朝九晚五,日复一日,年复一年,雷打不动。

噢！这就是轮回！

全

当我不是我，我便是我，本自具足！当我是我，我就是我！

我安住在哪里呢？安住在本自具足的本自具足中；安住在大清凉中；安住在不可思议的乐果里。

我说我是一朵花，我是一棵树，我是星星呀，我是一粒尘埃。我是你是他，我是无量的无量。

木头真的笑了

我表达，木头真的笑了。是想说大彻大悟的不可思议，不是说木头真的会笑。

当然，如果非得要看到木头笑，也不是不可能。木头真的笑了。此笑非彼笑，笑一笑，本自具足；又笑一笑，还是本自具足。

宇宙啊宇宙

一位老先生曾说，宇宙是多么的美妙！不是偶然，而是必然。

是的呀，宇宙啊宇宙！此处该如何描述、表达、赞美、形容你呢?

你不是你，你又是你。你比人生三件套：爱情、信仰、金钱还要让人痴狂；让人痴了又狂，狂了又痴。生生世世，死死生生。

宇宙啊宇宙！你真是让人看不透，幸好我开悟了，我懂你！

第四维姑且不可思议

女士们，先生们，朋友们，小蚂蚁们！今天给大家讲一讲开悟。

我轻轻地一问，你们知道自己每天在想什么？在做什么？要走到哪里吗?

很明显是不知道的，知道了你就开悟了。此时你会着急地说，我知道我知道。你真的知道吗？你只知道房子、车子、票子。

此时你又着急地说，我知道诗和远方。你真的知道吗？你的诗和远方不是我的诗和远方！

我又轻轻地一问，你知道第四维度里的朋友每天在想什么？在做什么？要走到哪里吗？

此时你又急急地说，我知道我知道，我可以运用三维里面的最棒棒哒的工具去揣度他们。我想说，那只是你的自以为是，再加一句无知透顶。

第四维度姑且不可思议，更何况乎本自具足，更何况乎本自具足的你！那是无量的无量。不可思议，能听懂吗？朋友们，能听懂你就开悟了。

有趣的人生

有趣，太有趣了！我创作的第一本讲开悟的书的视频文字版是由一位德语教授帮忙整理的。教授说只帮忙整理，文字内容我自己负责。我说我负全责。

在接近出版的刹那间，我又有了出版第二本关于开悟之后的诗词集的念头。然后，又有一位老师跟我说，老师我帮你整理吧。太有趣了。

人生就是这样：一个事情接着一个事情，一个念想接着一个念想，一个人生接着一个人生。

喔。原来有趣的灵魂，都是被设定好的了。

尽情摇摆

哇，可爱的人们！每天都在尽情地摇摆着。

摇呀摇！摇到奈何桥，奈何奈何，无可奈何。尽管如此，可爱的人们还是每天尽情地摇摆着、妄想着、分别着、执着着。

这是你的啦，这是他的啦。干脆这全部都是我的啦。

哇，可爱的人们！

悲欣交集

一百年的人生，有喜怒哀乐，有悲欢离合，有酸甜苦辣，有阴晴圆缺。

这些这些，如梦幻泡影呢！你若不信，慢慢会信；若再不信，终究会信。

一百年的人生啊！很长吗？很短吗？全是自以为而已。

此时此刻的我悲欣交集。令人欣慰的我听懂了，正念着：来，我能护汝；令人欣慰的我发了愿：服务众生超过49年。令人欣慰的我明白了，无量比喻皆是方便。

此时此刻的我，悲欣交集！

关于我

今天只聊小小的我，不谈大大的我。

许多老友总是喜欢开口就是大大的我，结果没控制住，小小的我也找不到了。

小小的我都找不到，偏要玩大大的我，很好玩吗？一点都不好玩！能不能先玩小的呀？好好做一个普通人不挺好吗？该吃茶吃茶，该念叨念叨，该造作造作，该干吗干吗去。

关于我，喜欢实实在在的。我喜欢好好玩耍。 老友们控制不住，就不要玩大的，行吗？想玩要必须得控制住呀。

至于我，我就是我，不一样的我。不一样的烟火，火火火！

我喜欢简简单单，可可爱爱，世外桃源。

我喜欢财富，越多越好，越多越好！嘘……

凡夫凡夫

凡夫凡夫，乐呵乐呵得了。他们生活在固定的维度里，一会儿自显广大，一会儿哇哇哇哇，一会儿畏畏缩缩……总是自己在自己的层次里，沉浸着、欢乐着、悲苦着。像极了大家村里的小蚂蚁，像极了大家村里的小青蛙，像极了大家村里的小蜗牛。

嗯，大家村旁边有一棵清凉树，那是我动身跋涉千里每天讲开悟的地方。

哦，凡夫就是凡夫，每天讲每天讲，到底讲个什么东西呢？在特定的维度里面又能讲出什么东西呢？不过是自娱自乐罢了。

也罢！

农村的大蜗牛

每到夜晚，农村的大蜗牛，背着重重的壳开始出来玩耍。看着一只只不太可爱的蜗牛，心里不是滋味。

想着蜗牛呀蜗牛，你能听懂我讲的开悟吗？本自具足呢？究竟觉醒呢？

蜗牛呀蜗牛，好好学习，天天向上！

三件套

前些天好幸运哦，居然遇到和我同龄的北大学子，太有趣了。这位先生居然学数学，然后也喜欢上了开悟。就这样，居然在概率论中邂逅开悟的我，他听他老大说人生中有三件套：金钱、信仰、爱情，每个人都淹没其中，而我呢，我如尘埃飞扬。我在大宇宙中，如同一粒尘埃，飞扬不定。我又常常自以为是，仿佛拥有广大。

我是谁？从哪里来？到哪里去？我能大彻大悟，也卑微至极。

李白呀李白

李白呀李白，你说“千金散尽还复来”。哇塞，棒棒哒！人世间还有谁，有这么大的能耐、这么雄伟的气魄、这么好玩的视野。

这一念千金散尽，下一念哗啦啦还复来。散尽复来又散尽又复来，你说的千金散尽还复来，像极了那滚烫的宇宙，生了又死，死了又生。

你又说“烹羊宰牛且为乐，会须一饮三百杯”。哇塞，人世间那点事，居然被你看得透透的。你是开悟了呢？还是醉了呢吗？

李白呀李白，我干了，你随意！

不是没有

宇宙间什么都有，不是没有，是没遇到，仅此而已。

有开悟，有大彻大悟；有简单，有复杂。简单到不可思议，复杂到没法想象。宇宙间无量的无量都有，你信不信？

信不信由你，我信了，宇宙中的一切我都信，所以我能大彻大悟，诸多朋友只信房子、车子、票子。那你能开悟吗？你能大彻大悟吗？我若和你说：正念直来，我能护汝。你信吗？直来直去，没来无去，来来去去，果真大彻大悟。当然，如果你相信非得要盘腿一万年才能大彻大悟，也是对的。我也能信。

我就相信，大道至简，简之又简，没法再简。“啪”的一声，大彻大悟！你呢？

安住在哪里

女士们，先生们，朋友们，安好！嗯，安好！每天都要好好的，能好好的吗？

嘻嘻，估计不能，没开悟怎么能？我们要安住在哪里？怎样安住？诸多朋友每天都停留在车子、票子、房子上面，心能安吗？房子、车子、票子的本质是“物”，“物”的本质是什么，你懂的！

住别墅里不算数的，能算数吗？算不算数你心里有数呀！看，那不知所措的呼吸。回到农村种黄花菜，这也不管那也不问，也不行的。看那无所事事的庸人，躲在深山老林盘腿，哪怕你没呼也没吸，也不作数的。看那屹立千年的石头，朋友，唯有安住在本自具足、本自开悟、本自究竟、本自觉醒、本自极果、本自无量当中，才算是住下来了！

奔跑吧，哥们儿们

哥们儿们，奔跑吧！困了累了也就歇息了。嗯，杯子落地，响声清透；虚空粉碎也，狂心当下息。

累了，困了，跑不动了，你就信了。天下熙熙攘攘，那么多哥们儿，都是这么过来的。

总是有哥们儿喜欢问我我信什么，我信本自具足、本自无量。我不是累了、困了才信的，我是一开始就信了的。

嘻嘻，哥们儿们奔跑吧，先拥有房子、车子、票子吧，嗯，尝尝吧，至少你要看看万丈红尘，只是你要眺眺万丈深渊。至少你要先干了三百杯才知道醉呀！

醉了，醒了，再醉了，再醒了！嗯，也差不多了。这时候你自然就信了，哈哈！

你桶底脱落了吗

格物致知

万事万物非得格清楚不可，否则一朵花、一棵树、一个苹果、一只小蚂蚁你都分不清楚。

物，格清楚了就开悟了。如何是悟呀？要仔细地格。从哪里来到哪里去，要度量清晰。

事，格明白了就开悟了。什么是事呢？要认真地悟，天下本无事，也没有路，后来怎么就有了呢？

要研究明白，要格物致知，要仁者无敌，要天人合一，要一以贯之。都要都不要，不要，到底要不要。绕明白也就开悟了。

简简单单

简简单单，多好呀！就这样来就这样去。无须缤纷艳丽，更无须刻意地造作。

简简单单多好呀！一就是一，二就是二，三就是三；你就是你，我就是我，他就是他。

简简单单，多好呀！该吃饭吃饭，该工作工作，该休息休息，该爱就爱了，该干吗干吗去。

简简单单，多好呀！只需抬头仰望星空，就开悟了！

石头坐禅

忽有一日，一个石头在坐禅，一动不动。噢，石头禅！

也有许多人，每天都在参禅。一呼为呼禅，一吸为吸禅，一哭为哭禅，一闹为闹禅。这也禅那也禅。喝一杯茶也说是禅茶一味。

到底啥是禅呀？人说不可说。不可说是什么禅？空禅啊，总之人能想到的、听到的、看到的，无一不禅。

尽管如此，还是没开悟。嗯，没开悟禅！

刚刚的

诸多老友总是刚刚的。嗯，刚刚的，强强滴！

这话不是我说的，是三千年前在一棵清凉树下开悟的老师说的。原话是："一切老友本自具足、本自开悟，因妄想分别执着不能展现。"为啥不能展现呢？还是因为刚刚滴。

举个例子你就懂了。比如我现在是开悟的普通人，面前有一个苹果（其实我喜欢榴莲）。假如我说："苹果除了是一个苹果，还是整个宇宙，还是大好河山，还是一切的一切。"

老友们说："哦，不不不，这是苹果，就是苹果，必须是苹果。"以此类推，名可名就是这名，必须是名。

嗯，诸多老友，刚强难化！

好好爱你

世间人总是不知所措，总喜欢一念缠绕一念。

女士们，先生们，朋友们，能不能清晰通透些呢？做普通人就好好做普通人，爱你就好好爱你，念你就好好念你。

爱你的时候就要轰轰烈烈不顾一切，千万不要扭扭捏捏；念你的时候就要乖乖乖乖，大彻大悟。千万不要将信又将疑。

世间安有双全法，不负如来不负卿。

刹那芳华

开悟的人，毕竟是开悟的人。他们每天想的和做的，总不同于常人。

看到一朵芳花，当下就知道，这花虽漂亮终究会谢。谢，这不是消极喔！刚好相反，看到一朵芳花，心里自然流露出：哇哇哇！好美好美，随喜随喜！

以此类推，万物芳花。

时空幻境

起这样的名字，显得有点酷。又是时间又是空间又是科幻。

哇塞！大咖就是大咖，开悟就是开悟，怎么就变成幻了呢？开悟的人每天还要吃饭休息工作呀，开悟的人就了不起吗？

举个简单的例子你就明白。我讲开悟的地方是大家村，大家村里有一个铁皮房，铁皮房旁边有一棵清凉树，在清凉树下有一群小蚂蚁，每天锲而不舍，优哉游哉，很是顽皮。

小蚂蚁也有同样的疑问："怎么就幻了呢？"

它们可爱地对着大虚空说："看，我们过得挺好！我们正在出发！我们必定成功！"

你听懂了吗？

微

微微比宏宏好玩，微微看不见，宏宏看得见。看不见就耐人寻味，看得见必食之无味。

轻轻地我走了，正如我悄悄地来。轻轻地悄悄地，即是微微地。

许多时候，我们只需微微地。乃至不费吹灰之力，当下即可开悟。越是盘腿，越是造作，越是宏宏的，越难以展现开悟。

浓浓粉黛弄玄虚，微微一笑很倾城。

大恩不言谢

大的恩施，究竟是言谢还是不言谢？言谢不对，不言谢也不对；言谢太轻，不言谢无礼。

如果有一种恩施，是一生一世，甚至是生生世世，仅仅一句谢谢明显不够。如果不言谢，一切都在心里也不行，有偏空迹象。

如果说本自具足就是大恩，大恩即开悟，到底该不该说？到底能不能说？朋友们，好好领悟。

认知

写这个话题，因为好玩，好玩我才玩，不好玩，非不得已，我也玩玩。

认知，怎么个好玩呢？听好了，举个简单例子你就懂了。比如一个苹果在你面前，一般来说九成的老友都会异口同声说："这是苹果。"可是宇宙总是那么好玩。忽有一日，又有一老友问："这真是苹果吗？"紧接着又有一老友开始思考，人家是思考致富，这老友是思考。苹果为什么是苹果？诸多老友一思考，我就笑了，嘻嘻！恭喜恭喜上路了。

话又说回来，当苹果不是苹果的时候，苹果该是什么呢？这一思考不得了噢！诸多老友再思考，该笑的都笑了，嘻嘻！苹果？嗯！苹果？嗯！

说不定有老友为了捋一捋苹果的内在，每天都会念叨苹果、苹果、苹果、苹果……也刚好凑巧，"啪"的一声，还没开悟，只是明白了。

道可道非常道，名可名非常名。苹果之所以是苹果，只是两个简单的文字而已。名字而已。好比“财富”这两个字而已。

苹果并不是真的苹果，那苹果到底是什么呀？老友们百思不得其解，又开始了每天的念叨：苹果、苹果、苹果、苹果……

嘻嘻，要我说，苹果是……听好了……苹果除了是苹果自己，苹果必须得是苹果呀！苹果还是本自具足、本自觉醒、本自究竟、本自开悟、本自无量、本自本自。我知道亲们还是没听懂，没关系，且听下回分解。嘻嘻！

居然有两个本自具足

奇哉奇哉！本自具足居然有两个！一个是本自具足，还有一个是本自具足中的本自具足。

开悟是体验本自具足，大彻大悟是“见到”了本自具足中的本自具足。奇哉奇哉！

所有朋友皆是本自具足，因妄想、分别、执着，自讨苦吃。一苦接着一苦，无量的无量。

就这样显化了。尽管如此，本自具足依然本自具足，本自具足还有本自具足。

不悲不喜不是空

不悲不喜，不畏不惧，不忧不虑！

不是空，而是安住在不可思议的本自具足里，安住在大家村的大清凉里。

此安住非彼安住，也非即住即不住，安住就是安住！

热闹和热恼

没开悟之前，凡夫俗子的百年人生热热闹闹、热恼热恼。

尽管是凛冽寒冬，酷热丝毫不减。每天每时每刻都在火热中蒸腾着。

凡夫俗子一个念想接着一个念想，完全不由自主。大彻大悟之后，自然而然安住在大清凉中。

大清凉

大清凉，凉呀凉！凉凉凉，此凉非彼凉，此凉是彼凉。说有一个大清凉，那是真的凉。身在铁皮房，热热热！

心在大清凉，凉凉凉！也热也凉也热凉。

凉了就开悟了，今天你凉了吗？

浅浅浅秘蜜密

浅浅浅秘蜜密，浅到不识字的普通人。当下即是深到无量的无量。也妙难思，浅浅浅秘蜜密。

当下一转，“啪”的一声，哇噢嗯嗯！农村天鸿大侠。偈曰：此转非转即转，此异非异即异，浅浅浅秘蜜密。又偈曰：舒展至九极，妙智也难开；收归于四字，婴童顺拈来。

掌和拳的故事

舒展开来为掌，一二三四五六七。从此陷入万古长夜，收缩回归为拳。七六五四三二一，此处依然漫漫长路。难道拳掌非妙谛？非也非也！

此时若遇明师点化，当下画龙点睛也飞腾。故曰：百年人生两幸事，一为大彻大悟，二是即遇明师。若此具，掌拳了了分明！

我手中的吉他

吉他，他吉！我手中的吉他，当下本自具足；我手中的吉他，开悟了。

为什么偏偏是吉他，不是吉我。围绕着我转，那是知识，那是造作，那里遥遥无期。围绕着他转，处处是吉处处极。没有了我剩下全是他。你就吉了就开悟了，妙极了！

他是谁，他是他；他是你，他是我。见他至极，是名吉他！

天下大雨和努力浇水

在美丽可爱好玩的农村，哗啦啦的，天又下起了大雨。我养的花儿也笑了，花儿的舒展，花儿的透心凉，花儿的奕奕神采。好玩可爱又美丽！

仅仅是一场大雨，一瞬间当下的所有花儿都笑了。平日我很努力地浇水，一点一滴，忽上忽下，多么费力不讨好。

大雨比喻本自具足，努力比喻无量造作。朋友们能听懂吗？听懂你就开悟了。

放本自具足的心吧

轻轻地你来了，正如你轻轻地走了，不带走一片清凉树叶！

我深知你就是我的显化，现在的你就是曾经的我。你揣着满满的悲心，你带着美美的使命。你流露出无上愿力漂洋过海，如期而至！

我深知，你只能到这里，必定到这里，已经到这里，放本自具足的心吧！

嗯嗯嗯，噢噢噢，是是是！“啪”的一声，能听懂吗？要不再啪的一声？

你们好棒

远方的朋友们，你们好棒！能听懂我讲的本自具足，能明了我讲的开悟。

当你们开始赞叹我的时候，你们好棒！好棒棒！棒棒哒！

知道吗？我就是你们。我棒棒哒，你们也棒棒哒！

朋友们，能听懂吗？哪怕是一句，仅此一句，也只能一句，你们就开悟了。

哇哇哇，那种噢！

愿安好

女士们，先生们，朋友们，可爱的小蚂蚁们！愿安好！我去去就来，我去了吗？我来了吗？来了也去了，来到农村铁皮房旁边。一棵清凉树下讲开悟，去到无量朋友的家里，一闪一闪亮晶晶。

来了不去不行，去了不来不行，来了去了也不行。我说你行你就行！

0.01 和 99.9

0.01 和 99.9，太有趣了。99.9 是一切相层次，是空层次，是空有合一层次。0.01 就是传说中“噢”的一声，就是各种各样故事里面的传奇“点”。

如虚空粉碎，如根尘脱落，如本自具足。当 99.9 遇到 0.01，你开悟了。当 99.9 是 99.9，就是妄想分别执着。

我每天讲开悟讲的是 99.9，剩下的 0.01 由你来完成。

命该如此

女士们，先生们，朋友们，小蚂蚁们！

命该如此吗？若你还没开悟，是的呀，命该如此。每个人都在一切相中，来来回回，回回来来。

如同一只可爱的小蚂蚁，优哉游哉而不自觉。就这样生生世世，死死生生。循环往复，无有出期。一直到你听了我讲的开悟，如同在茫茫大海中看到灯塔。

此时命才不该如此，才晓得我命在我不在天。才明白我就是你，你就是他。

他就是宇宙，宇宙是一花一叶。当下本自具足，命该如此吗？命不该如此！

爱了爱了

今天我讲一讲爱情，爱情是一种执着，能不能不执着呢？答案是不能。如果答案是能，哪来的宇宙？

更有趣的是，一朵花、一棵树、一个苹果、一粒尘埃也有自己的爱情，不可思议吧？爱了爱了！

你付出的，一直都在

今天很有趣，也很幸运。居然遇到了一位同龄的北大学子。聊了许久，觉得彼此都是可爱好玩的小蚂蚁。彼此都是普通人。

普通人有三种：一种是普通人，一种是不普通的普通人，一种是开悟的普通人。

普通人的付出总要有回报；不普通的人不求回报；开

悟的普通人无所谓付出不付出。

无论如何你的付出，一直都在！

陪考

人生看起来是梦，其实梦更是人生。

在开悟的角度，每天每时每刻每分每秒，每个人都在“滚烫”中奔波，都在考试。

若不过关又是一世。今生你陪我考试，我陪你开悟，然后永恒！

大大的宝

一不小心我一开口，要么是宇宙要么是天地；要么大大的要么妙妙的；要么好玩的，要么宝宝的。

在开悟层面，怎样才是大大的宝呢？听好了……本自具足本自究竟；本自觉醒本自开悟；本自无量当下当下。

而世间的普通人，统统执着各种器物为宝宝。这是宝那是宝，都是宝。我看来千宝万宝不如悟宝。

悟了，庄子的便溺都是宝。没悟，李白的千金也是酒。

一醉便休，一休便苦，一苦那还得了，无有出期呀！

自动

众生皆苦但不需要普度，若苦头没吃够怎么度？也度不了他，我来了也是没有办法的呀！

众生皆苦，苦到透彻入骨时，自动的就开悟了！

开雾了

开悟、开雾、开误、开无。傻傻分不清楚，这是痛苦和烦恼的根源。

今天你开了吗？悟了吗？误了还是雾了；抑或是无了，没了，没完没了了呢？

今天你还会痛和苦吗？你还会烦和恼吗？你还会迷和茫吗？你还会笑吗？

今天你是一个石头呢，是一个木头呢，还是一粒尘埃？朋友们请告诉我吧，你怎么了？噢，本自具足了。

重点在“展现”两个字

今天给哥们儿们讲一个几千年以来，一直都没有讲透的秘要。

开悟，重点在“展现”两个字，而不是“开悟”两个字。我每天都在强调，开悟是不需要讲的。每个人本自具足，本来就是开悟的。讲什么讲。普通人和开悟的普通人唯一的区别：开悟的人展现了开悟，普通人没有展现开悟，仅此而已！

重要的事情再说三遍：展现！展现！展现！

不是造作，造作个啥呀？再怎么造作，不还是本自具足吗？不造作也本自具足，干吗非得造作呀！

我的哥们儿们，我的老天！

简单就对了

简单就对了，简单开悟，开悟简单，简单挺好，复杂不好。开悟本来是很简单的事情，普通人却把开悟搞复杂了。

这不是开悟的错，是人想多了。嗯，因妄想分别执着不能开悟，那么多的人，每天大喊大叫，大道至简大道至简。

喉咙都喊破了，大道至简有这么复杂吗？非得天天喊。简单有那么复杂吗？

妄想分别执着

开悟这么简单，为什么没开悟？农村天鸿大侠说了一句很简单的名言：简单有那么复杂吗？

三千年前在一棵清凉树下清凉了然后又讲了49年清凉的那个老师，一语惊醒梦中人：每个人本来都是开悟的，因妄想分别执着不能开悟。

唉，说得真棒！简单怎么可能不简单。

纠结

纠结是普通人的标签，有纠结的地方就有普通人。我还好啦，没那么纠结。毕竟我普通的前面还有两字，开悟的普通人。

普通人为什么会很纠结，很简单，因为没开悟。为什么没开悟，很简单，因妄想分别执着而不能开悟。

说是纠结真是很纠结，有了这个想那个：有了爱情想亲情，有了健康想财富，有了车子想宇宙飞船，有了你我想着要和你永恒欢喜。

纠结不已的人生！别纠结了，来来来，正念直来，我能护汝！

开悟就行了

哥们儿，开悟就行了。扯那么多干吗？开悟是很简单的一件事情，为什么非得搞得很复杂？当下本自具足，大彻大悟就行了嘛！为什么非得和脾气、财富、吃饭、千变万化凑在一起？

一是一二是二不香吗？要想开悟就好好开悟，干就完了嘛！又要开悟又要无量的无量。哥们儿非得这样吗？

先开悟再盘腿嘛！为什么非得把盘腿和开悟凑一起？摆弄四肢和开悟有关联吗？很好玩吗？这么简单的逻辑……

以波的形式存在

据说，万物皆以波的形式存在。波是什么东西？不也是万物之一吗？

万物皆以万物的形式存在，只是大小不同而已。大的看得见，小的看不见，看不见也是看得见，否则你怎么知道是波。

知道的一刹那，就是物呀，绕来绕去，终究是一物。那本来无一物，又是怎讲呢？这是完全不同的两个层面，这是知识和智慧的玩耍。

知识好比孙悟空，变来变去还是物。智慧好比本自具足，怎么变都是本自具足。我每天讲开悟，讲的不是以波的形式存在，讲的是本自极果。既然本来无一物，有我吗？有房子、车子、票子吗？有痛苦烦恼吗？有宇宙吗？有一切的一切吗？

由此可知，选择比努力更重要，选择开悟更重要！

苹果是苹果

有一个很简单的道理，学习智慧的哥们儿反而不懂。比如苹果本是苹果，榴梿本是榴梿，可是有些朋友偏偏要想办法让苹果不是苹果。

怎么可能？在特定的时间空间里面，一是一二是二。若偏让一变成三，亲，此时此刻你已经穿越了无尽的时空，你已经不是普通人了。

好好做一个普通人，不好吗？我大彻大悟依然是普通人，好好生活，幸福快乐开心，每天快乐不好吗？

为什么非得故弄玄虚，非得穿越时空，非得是你非你？苹果好好的就在那里，碍你什么事？为什么非得让苹果变榴莲？难道这就是你认为的开悟？

本来无一悟

忽有一日，因缘巧合，天鸿大侠来到客路镇大家村旁边一棵清凉树下讲开悟。

车水马龙，风云变幻。天天扯开悟，这也悟那也悟，无一不是悟。

扯得顺溜极了，扯着扯着自己也悟了。嗯，梦想还是要有的，一定会实现。开悟还是要扯的，万一真悟了呢？

农村天鸿大侠诗曰：清凉本无树，讲悟亦非智；本来无一悟，何需天天吹。

农村天鸿大侠又诗曰：本来无需吹，奈何众人醉；今日我已悟，东扯再西谈。

找开悟的人展现开悟

许多人问我：“老师你好，怎样才能开悟？”什么叫开悟？哥们儿，这是知识层面的问题。

开悟是智慧，不带这样提问的。哥们儿，只要你一提问，我就知道你是哪个层次的人。举个例子你就懂了，比如哥们儿问：“什么叫财富？”老师一听就知道对方是什么段位。

原理很简单，老师亲自见过财富。我为什么能每天不打草稿讲开悟，我开悟了呀！我开悟了还不能说我开悟了吗？

我开悟了偏要憋着说我没开悟吗？开悟了就赶紧说，让更多人也跟着开悟，不好吗？唉……

不过，如果你还没开悟，千万别说开悟了。

还有一个很浪漫的事，想开悟一定要跟着开悟的人，想财富提升一定跟着有结果的人。

若你跑去问没开悟的人，他会跟你说："不要问我星星有几颗，我会告诉你很多；不要问我太阳有多高，我会告诉你我有多真……"

一起开心

今天，你开心了吗？一起，聊聊人生吧。

人生，从来都不是刻意去改变的。刻意，从来都没办法真正改变人生。

人生，是在每天开心中，被彻底改变。你，一定会找到全新的自己。因为你面对的，是一个开悟的人。

不但你自己要每天安住在开心里面，更重要的是你还可以选择让更多人安住在开心中。

哇！这是多么棒的人生追求。切记，我要给你的，是无边的喜悦，不是苦海。

说好的幸福呢

许多哥们儿总是缠着我问："怎样更幸福？怎么才能

开悟？”

很简单：从小事做起，从身边做起，从认真做起！

举个例子你就懂了：许多人总是把温柔可爱体贴给了“外人”，对家人、亲密的人，反而表现出一副不在乎的样子。

写这些是想告诉大家，次第很重要。先简单后复杂，先家人后朋友。

卑微又自大

许多哥们儿总问我许多奇怪的问题，比如：开什么眼是什么感觉？有哪些症状？

我的天，我只是一个普通老百姓，怎么会有什么感觉？症状又从何说起呀！

我的老天，直接开悟就好了嘛！干吗非得这眼那眼，你又不是观世音。你还不如问我，什么叫开悟。

卑微又自大，卑微至一粒尘埃，自大到不可收拾。单一的卑微或一味的自大都不行。

开悟是多维立体的，本自具足。卑微中有自大，自大中有卑微；分别中有不分别，不分别中有分别；知识中有智慧，智慧中有知识；地球中有宇宙，宇宙中有地球。

以此类推……

乖乖的乖乖

乖乖，人生难得一乖乖！人若能变得乖乖，意味着那颗滚烫的心，不知所措的念，百般娇嫩的造作有了着落。

尘埃落地了。安住下来很难的。随缘安住下来更难了。许多朋友总问，开悟有没有好办法呀？办法肯定有的。

来来来，来我怀里，或者让我住进你的心里。

永恒欢喜，我的乖乖！

我信什么

忽有一日，一老友问我："老师，你信什么？"我一听，这个问题好玩。我信什么呢？

作为一个开悟的普通人，我能信什么呀？我需要什么就信什么呗！

首先，我作为一个普通人，每天要吃饭、休息、工作，我现在的工作是每天讲开悟。我讲开悟的原则是不管你悟没悟、雾没雾、误没误！

你也不要管我悟没悟、雾没雾、误没误。我都要讲，偏要讲，必须讲！讲我的悟雾误。

我就是执着每天讲开悟，爱咋咋地！对了，我信什么呀？每天要吃饭，第一肯定要信财富。据说，你越信财富，财富越多！我信！我信！我信信信！

每天要休息，第二肯定要信房子。我有一个梦想，梦想总是要有的，一定会实现！

我总是想着有朝一日长发及腰，胡须飘飘扬扬，名利双收时，我要面朝大海！我要春暖花开！

总之，名字你自己取一个吧，你是最棒的！我要买一个大大的房子，四周种满了花花草草，各种各样的果树，我每天只吃不喷药的蔬果。哇塞，世外桃源呢！

嗯，在地球上，先信这些吧！若是在第四维、第五维，我又信什么呢？我信……

对了，我还信：正念直来，我能护汝。

怎样开悟

许多朋友总是问我怎样才能开悟？这样的提问让我情何以堪？

女士们，先生们，怎样怎样怎样，如此可爱的逻辑我是不是要给你回答？这样这样这样，永远也开不了悟。

如何是悟呢？女士们，先生们，听好了，如是如是，本自具足；直来直去，“啪”的一声。当下如何是悟呢？

你来我去接你，你不来我在等你，再不来我也要找到你！

今天你悟了吗

我一直很好奇，一直很生气（开悟的人也生气喔）！一直很无语，为什么呢？我的人生竟天天有意或无意或玩意被带着玩耍，被天天迫着回答。

开悟的人从来不说自己开悟了，诸如此类的问题。忽有一天我玩腻了，也不想中规中矩回答了。我想引用一句台词，曰：我开没开悟关你啥事！吃茶去吧！

你越好奇我偏要说，我就是开悟的普通人，本来自以为加一个普通人，普通人会收到我谦虚的诚意。没想到他们居然视而不见！

既然如此普通我也不要了，我要对着大虚空说：“我就是开悟的人，我就是开悟的不普通人，我就是开悟了，我就是悟了！爱咋地咋地！

雾雾雾

雾雾雾，悟悟悟，误误误，吾吾吾。吾雾悟无，吾无悟雾，吾悟无雾。

雾了，悟了还是误了？常常有许多朋友有意无意问我悟到了什么。诸如此类问题，我能怎么说呢？若说悟到了某某某，录下即是一切相；若说悟到了无无无，当下又是空空空；若说悟到了有无无有，当下必是即空即有。果真悟到了极果。

然后对你说，正念直来，我能护汝，你又能怎样呢？来吗？来吧？来来来！来我怀里，或者让我住进你的心里，永恒欢喜。

朋友们，今天你悟了吗？开雾，开悟，拨开云雾遇见你！开悟，打开吾心遇见自己；开误，冲开重重误，当下便是本自具足。

果果果果，究竟果果！

108 颗圆珠

2022 年 8 月 4 日吉时，我脖子上挂着一串圆珠讲开悟。忽有一老友说了一句："老师，恕我直言，据我所知，只有没有了头发，换了特制衣服的人才有资格把圆珠挂脖子上。"

我心想我这样开悟的普通人，在自己的脖子上挂一串圆珠都没资格？那我不玩了！

又细细回想，当下觉知这老友还是处于一切相层次，我赶紧给朋友开示。朋友，虽然我长发及腰，胡须飘飘洒洒，也快要名利双收了，但我就是拿一串圆珠玩玩而已，而已而已。

何况这脖子是我自己的呀！这我都说了不算吗？

有那个必要非得头发也不要了，衣服也要换了才有资格在自己的脖子上挂一串圆珠吗？这让我情何以堪呀？如果非得那样子，那我不玩了，不好玩！

这算不算数

你们总是要我留下某些东西，说是有用。譬如写几个偈语玩玩。我当真了，一下子哗啦啦，写了 149 首。

这算不算数呀？如果不算数，那我继续好了。

偈曰：有朝一日讲开悟，诸多朋友悟没悟；要我留下开悟语，怒气之中一四九；如果还是不作数，那我继续写起来。

云里雾里

今天还是那个老朋友，那个朋友又蹦出一句，说我写的东西云里雾里。

原意是：我写的内容太过于直来直去，根本没有他想要的粉墨味、造作味、雕琢味。总之，我的作品不是他的菜。

我好喜欢“云里雾里”，一方面几乎所有人的每年每月每日每时每刻每分每秒都在云里雾里。每天不知道在想什么，每天不知道在做什么，每天不知道到哪里去。

一方面我确确实实每天都在讲开悟，拨开云雾遇见你，有时候九分钟的视频讲着讲着，我也是十万八千里去了。回眸一看发现自己原来也在云里雾里，恰似你那可爱的翻斗云！

哈哈，好玩！

开悟很简单

许多人总是问我怎样是开悟，我说就是本自具足。

人又问：怎样是本自具足？我说本自具足就是本来就足，足够了，满满的共同体。

讲到这里，人还是没开悟，我说："乖，正念直来，我能护汝。"

我写了一首"喜欢你"

忽有一日一哥们儿，把我写的《喜欢你》这首诗发给我看，问我这是不是情诗，写给哪个女子看的？

我没有回答，沉默了九个小时。类似于没办法表达的无语。

我开悟之后，居然写了一首比情诗还情诗的情诗，我的天……

紧接着我还是回答了，我说："这首诗除了鬼，没人能读懂……"

你读过仓央嘉措的诗吗？我描述的是万古长夜，轮回之境，无有出期……

太直接了

我说话太直接了，生活却那么复杂。我回到了简单，却发现一只鹤立在鸡群中。

说好的幸福呢？说好的大道至简呢？都变成了口头禅是吧。

从古至今，求道者比牛毛多，展现大道者少得可怜。为什么呢？开悟太简单，生活好复杂。

我开悟了（本来每个人都是开悟的），习惯竹竿式说话。

开口便是"道在便溺，道在苹果，道在柔软的土地。"

可是大众不乐意呀！问："道在便溺？道在苹果？道在柔软的土地？"

我说："你们本来都是智慧满满。"大众说："不行的不行的，再想想，再想想，不可能这么简单的，简单是不可能简单的。"

我说："你可以啦，你是最棒的，棒棒哒！"

哥们儿说："不行的…… 凭什么是我？我啥都没干，就开悟了？"

冲啊冲呀

哥们儿问，开悟的人生意义是什么？开悟是拿来干吗的？普通人总是会有这样的认知，非得干个什么才行。否则每天无聊得要死。开悟了只能是冲啊冲呀，冲哪去？普度众生呗！哪里可爱多，多可爱，你冲过去就行了。

天天可爱，腻不腻呀？农村天鸿大侠偈曰：问世间悟为何物，直叫冲啊冲呀！

好玩的玻璃珠

话说开悟的人手上都有一颗玻璃珠。话音刚落，哥们儿说："快快快，拿来看看。"

我说："好，快看，看到没？"哥们儿说："没看到啊……"我说："再仔细看看，再仔细看看。"哥们儿认真看了看说："还是没看到……"

随即挥了挥我开悟的手，霎时间宝光彰显填满虚空。

我又问："快看快看，看到没？"这下好了，哥们儿直接懵了，说："啥也没有呀。"

我再也忍不住了，实在是玩不下去了。揭开谜底说，好玩的玻璃珠是那宇宙……

哥们儿还想玩，又问我是怎么看到的……欲知详情，请听下回分解……

先有鸡还是先有蛋

忽有一日，一哥们儿心血来潮问我一个鸡蛋问题：先有鸡还是先有蛋？我说，本来无一物何处惹尘埃。

哥们儿没听懂，我又说，本来没有鸡何处下蛋去？哥们儿越听越糊涂。我耐心地说，世上本无路，走的人多了便有路。此时哥们似懂非懂……我继续说，道可道非常道，名可名非常名。哥们儿直接晕倒……

很多哥们儿的人生，其实都是在鸡蛋问题里面虚度的。

举个例子你就懂了：这个事情做还是不做呢？这个人爱还是不爱？这杯酒喝还是不喝呢？这钱……

赶紧先开悟吧！开悟的人生，干就完了。

我干了，你随意！

酒和故事

一哥们儿问，你每个作品是不是都有一个故事？唉，人生本来就是故事。

我每天都在回答知识层面无穷无尽的问题……于是我的工作只能是每天讲开悟,不讲过意不去。我若不讲不忍心，看别人讲，唉，别人讲的，要么是概念上的开悟，要么是直接读开悟。我的老天，人世间居然有这么多开悟。

哥们儿们总是可爱地对我说，开悟了就好了。无忧无虑，总算可以和庄子一起逍遥游了！

唉，那是你还没开悟，我开悟之后真是操碎了心。愁更愁了，故事更多了。谁有酒？

开悟有什么用

忽有一日，一哥们儿问我开悟有什么用。一开口便知有没有。哪有这样子提问的。

举个例子你就懂了：谁在用？我是谁？从哪里来？到哪里去？怎样用？哪些东西拿来用？

哥们儿，当是菜市场呢？高度格局视野太低了！开悟有什么用？想要找有用的东西，到知识层面找。

没有开悟不如不开

忽有一日，一哥们儿说，既然没悟要开，不如不悟，该干吗干吗去。天啊！如果你每天这样无所事事，不知来不知去，迷迷糊糊，浑浑噩噩，一天又一天，这还得了！

你让几千年一路传承下来的高人情何以堪呀？如果真是没悟要开，这么多的高人每天干吗去了？到海南种黄花菜去了吗？躲在深山老林玩耍去了吗？我每天讲开悟白讲了吗？

哥们儿，我说没悟要开是说给执着开悟的人听的。我说有悟要开是说给执着没悟要开的人听的。

听懂了吗？

唉呀呀

忽有一日，一哥们儿说："财富提升帮助更多每天讲开悟的老师是借口，老师需要生活可以自己去找钱。"

天啊！居然投影出如此逻辑。老师每天发愿讲开悟，哪有时间去找钱啊？你以为老师是你呀，天天在找钱路上。老师能每天都想着找钱吗？我的天！

财富如此多娇，引无数普通人竞折腰。惜我等开悟的人略输财商，快要开悟的人稍逊风骚。一代天骄农村天鸿大侠，只识一心喷开悟，俱往矣，数风流人物还看今朝！

问世间财为何物，直叫人胡思乱想。

我开悟了，就不能和马老师一样拥有好多好多的财富吗？我开悟了，肚子不会饿吗？我开悟了，一百年也不困吗？

这是什么逻辑？这是什么水准？这是什么意思？这也不能，那也不能，那开悟有啥用？

唉呀呀！

北大一哥们儿

忽有一日，我和北大一哥们儿聊天正起兴呢，他忽然喷出一句："我每天正在锻炼观察能量流动的能力。"当时这句话直接把我撂倒了……九分钟没反应过来……这句话信息量太大了，真不愧是北大的哥们儿。

我醒过来之后，担心伤了北大哥们的自尊心，没有直接回话。稍微委婉地温柔地做了分析："大哥你这句话信息量太大了，你要一个字一个字认真去读透它，举个例子你就懂了：我每天正在锻炼观察能量流动的能力。我是谁？

从哪里来？到哪里去？怎样锻炼？谁在锻炼？谁在观察？能量是什么东西？怎样流动？‘能力’还是知识层面的词语呢……”

接着还聊了许多……

明白一点点

忽有一日，我问一哥们：“你开悟了吗？”他说道理都明白了，都能听懂。我又问：“你到底有没有开悟？”他说：“明白了一点点，还没开悟。”

哥们儿们，有没有开悟，你自己不知道吗？肚子有没有填饱，你不知晓吗？今天有没有吃饱饭，你居然跑过来问我……

哥们儿，开悟有没有只开一点点的，当是菜市场呢，便宜一点点。

好玩的那种

忽有一日，一哥们儿问我：“老师可懂禅？又如何行禅？”

我说："懂呀！你每天做的功课，读的四个字就是。叫四字禅。"

他说那不是。

聊到此地，经验告诉我，已经差不多了。他又说，古时候有一个老师，留下一首诗：恰恰用心时，恰恰无心时；无心恰恰用，常用恰恰无。

让我讲讲这首诗到底是什么意思。我灵机一动，也留下一首诗：念念用心时，念念无心用；无心念念用，常用念念无。

刚写完，又是一阵大笑，我也不知道写的是什么……

就在刚刚

就在刚刚有一个哥们儿蹦出一个好玩又可爱的逻辑。他说："老师您好，既然你开悟了，请帮忙做'芯片'……"

这让我情何以堪呀！哈哈，哥们儿，我开悟了，我只是多明白一个开悟的道理，仅此而已。

"芯片"的道理，我还没去学呀！哈哈！好玩的哥们儿，可爱的哥们儿！为什么你们总是让我每天很开心呢？

为什么我只是明白一个开悟的道理，你们总是以为我同时懂好多好多的道理呢？情何以堪呀！再说，如果我懂得“芯片”的道理，我还在这里天天吹吗？我早就上太空了呀！哥们儿呀，能不能正经点！

读了很多书还是发脾气

忽有一日，一人问了一个好玩的问题：为什么读了很多书还是发脾气？而且越读书越发脾气？

我说：“你这是没认真读书，没有读透，没有读通，更重要的是没有搞清楚这里面的逻辑。读书和发脾气是两码事呀！”

读书就不允许发脾气吗？那读书要不要吃饭呀？很多事情、道理很简单，明师一点就通。

开悟也是同样道理。开悟了就不是普通人吗？开悟和普通人是两码事呀！开悟了肚子还是会饿呀！

清晰通透很重要。一码归一码，不要无量码凑为一码。你以为你是谁呀？该发的脾气一分不要少，该读的书认真读透，这就对了呀！

我听腻了

有一人心怀好意对我说："老师你天天讲开悟，一开始还有新鲜感,现在我听腻了……能不能讲点别的呀……"

我听了感慨万千。是呀，正是因为腻了才有了酸甜苦辣 、阴晴圆缺、悲欢离合、生老病死；才有了宇宙中一切的一切；正是因为腻了才有了一念接着一念。

哥们儿们，如果你能天天听开悟没有腻反而欢喜、赞叹，那就成功了。本自具足只有一个，必须天天本自具足呀！如果本自具足你都腻了，那春夏秋冬你腻不腻？苦不堪言，无有出期，你腻不腻？

千万不要腻了，开悟再说吧！

相信简单

忽有一日，一老友说："老师你讲的我都能听懂，但我还没开悟。"我说："你已经开了，道在馒头。你每天有没有吃馒头？道在便溺,你每天有没有喔喔？道在呼吸，你每天有没有呼吸？"

老友说："整个你，一切的一切，时时刻刻都在道里面呀！""嗯，你开了！我说你开了，你就开了！若你还是执着自己没开，那我只能把三千年前在一棵清凉树下讲清凉的那个老师给你请来，且听老人家是怎么说的。听好了……"

一切老友本自具足、本自开悟、本自觉醒、本自究竟、本自无量。因妄想分别执着不能明白自己本在悟中，看，这是老人家开悟时说的第一句话，也是49年最重要的一句话。

嗯，相信简单意味着已经在"道"中，诸多老友却日日夜夜，口口声声大喊大道至简。喊啥喊呢？简啥简呀？每天把自己关在一个小房间，摆弄身姿，调理呼吸，造作想法，这简单吗？

已经复杂到不要不要的啦。相信简单极其不容易。体悟至简更是不可思议。

老子说：道生一，一生二，二生三，三生万物。哥们儿们只要有一个想开悟的念，有一口不知所措的呼吸，当下就开始了生生不息，生可以死，死又可以生。

啥叫至简呢？哥们儿们，只要我说出一个字就已经离至简十万八千里啦。那我天天讲开悟，讲了这么多，那我雾误悟了吗？

此时此刻应该来一首歌：不要问我星星有几颗，我会告诉你很多，不要问我太阳有多高，我会告诉你我有多真。让我轻轻地告诉你，天上的星星在等待……

啥叫至简？听好了：正念直来，我能护汝……

好玩的先后顺序

忽有一日，和一老友对话。

他：为什么很多时候你都是说三千年前在一棵清凉树下讲清凉的那个老师？为什么不直接说名字？

我：嗯。直接说不好玩。再说，既然大家都知道是哪个老师，这不等于直接说了吗？很多时候，很多事情，都不能直接说，比如，我说每个人本来是开悟的，完全不需要各种造作，你信吗？我知道你不信，所以不能直接说。我只能慢慢引导你，说，先这样，先那样，噢，好好，嗯，明白了吗？

他：平时你读哪些书？

我：各种各样的书我都读。各行各业都有。

他：哪本最有启发？

我：每个人因缘不同，没有可比性。我喜欢吃榴梿，你喜欢吗？

他：赞叹你每天讲开悟。若我能显化智慧，我也走你每天讲开悟的道路。

我：刚好相反。你应该先选择走这样的道路，然后才能显化智慧。

他：如果没有智慧，就出来讲，必有欠缺，误人误己。

不好。

我：嗯。这就是你没开悟的原因。全是普通人的思维逻辑。智慧是没有欠缺的。智慧本自具足，本自究竟，本自开悟，本自觉醒，本自极果。不需要你辛辛苦苦修到没有欠缺，再出来讲。到那时候，黄花菜都凉了。谁有时间等你一百年呀！正确次第是，先发愿走我每天讲开悟的道路。然后，在路上，你会“啪”的一声，一不小心开悟。最重要，是先上路。不要等，千万不要等，许许多多的老友，都是在等待中，黄花菜全凉了。

我：切记，先后顺序很重要。切记，先选择我每天讲开悟的道路，然后，才会“啪”的一声，一不小心开悟。

我：切记，绝不是等你修到没有欠缺，再出来讲开悟。

切记，先发愿，然后在愿中开悟。而不是先开悟，再发愿。门儿都没有。

你好自信呀

忽有一日，一友人对我说：“你好自信呀！”我一听，霎时间不知道回什么话。九秒钟过后，我说：“自信是花枝招展的刻意的人为的造作。始终没有离开一个我，开悟是自然显化，自然流露，本来就是这个样子。是既离开了我又没有离开我，是我又不是我。”

友人：我一点都不“自信”。我是那种不可思议本自具足、自然而然的简单、真实、流淌、柔和、喜悦、感恩、究竟、极果、觉醒、智慧、开悟！

为你数星星

忽有一日，一友人问我：其他老师说开悟要这样子那样子对不对？我一听这句话当时虽然没有直接把我撂倒，但也是九分钟后才反应过来。

哥们儿，其他人怎么讲关我啥事呀？对不对是我说了算吗？你爱听他的就去听，你爱看我的就去看，干就完了。

我在讲开悟的一路上，看过许多人，听过许多事，被问过许多问题。为了让自己能讲完49年的开悟，我选择了娱乐，摒弃了专业面对每一个人事物，还好做了对的选择。要不早被气死在本自具足的道路上。

哥们儿，能不能不要问我对不对错没错这样子那样子诸如此类的问题？能不能不要再问我天上的星星有几颗……你想从我这里得到什么样的答案？如果你是我，你会不会被气死？

哥们儿，你是怎么想到让我跑到天上去为你数星星……

第二个老师

也不知咋滴，每天总是会遇到很多令我很开心的问题。难怪我天天都好开心呀！2022 年 8 月 20 日吉时，一哥们儿对我说："老师你好，我很喜欢听你讲开悟，虽然没听明白……"我说："那你跟着我学习儒释道好了。"他说："我已经有一个老师了，还能有第二个老师吗？"我的天啊，这是什么逻辑？老师都不能有两个？一气之下我说："我有一百多个老师（气话）。"

想当年，三千年前，在一棵清凉树下清凉的那个老师，在他没清凉之前有多少个老师，估计数都数不清。

人世间居然有如此多的欢乐、喜悦。

最浪漫的事

挡不住的开悟

一个人若是真开悟了，无量的风情，无量的可爱多，无量的不是诗的诗。一下子哗啦啦倾涌而出，挡都挡不住。

一个人若是真开悟了就好玩了。普普通通中见真情，简简单单里常嬉戏，高高兴兴地可爱着。

他想的，他做的，根本不是你想的，根本不是你做的。

完完全全出乎意料乃至不可思议。他一会儿说道在馒头道在榴梿；一会儿说天人合一仁者无敌；一会儿说正念直来，我能护汝。总之他就是和你不一样。

看，那热爱

我要握住你的手，让你热血沸腾；我要倾听你的心跳，让你瞬间飞升；我要对你细语，正念直来，我能护汝。

你说生生世世只爱我，生生世世只为我赴汤蹈火。我说你要生生死死跟着我，让你大彻大悟。

其实我们都在彼此的那个念里永恒欢喜。你说我那种开悟的勇气，开悟的大魄力人世间哪有？我说你那种惺惺相惜、热爱得五体投地，人世间哪有？不可思议呀！

那一念！

宝，安好

哈哈，在所有文字中，我最喜欢这个文字宝。我第二个大愿是财富提升，帮助更多讲开悟的老师。

“宝”字很好玩，很有力量，很是柔和，很美。宝如芳花永恒欢喜。

整个宇宙，无量的一切相。空，空有合一。在开悟的人看来都是“宝”，都是“道”。

宝本自具足，本自开悟；本自究竟，本自极果。诗也说：万丈红尘三杯酒，千秋大业一壶茶。悟了，万物都是宝。没悟，一切都是酒。

诸多老友每天都在酒中泡着呢！哈哈，酒在我这里也是宝噢！我干了，你随意！

一起闭关去

我能想到最浪漫的事，就是和你一起闭关去。我说：走吧。你说：闭关是心的歇息。我说：又来了。你说：走吧。我说：既然是最浪漫的事那就好好浪漫，不要总是穿越时空，好好做一个普通人不香吗？嗯，香！

你说：我想给你炒豆子做黄花菜豆腐汤。我说：就该这样，安住在黄花菜豆腐汤里才好。你说：柴火你来生。我说：一起生。你说：好，一起生。

吉祥如意的芳花

今天抒情一下，准备好了吗？

芳花，美丽的芳花，你用娇嫩欲滴的可爱装点了一点都不可爱的人间；芳花，我爱的芳花，你用力所及地绽放衬托一无所有一无是处的我；芳花，吉祥的芳花，你用简简单单的念想刹那间震动无边无际的宇宙。

芳花呀芳花，吉祥如意的芳花！你那美丽！可爱，简单，痛快！

飘

无边无际的时空里，我和你不知道飘了多久，一直没开悟。后来我不小心开悟了，而你一直孤苦伶仃，迷失在茫茫宇宙里。

也许我们有过约定，待我长发及腰，胡须飘飘洒洒，名利双收时，会遇见你。给你细讲，本自具足；给你演说，究竟果果。

也许我答应过你，等你开悟一起回家。

穿越时空的爱恋

问世间情为何物，直叫人懵了一圈又一圈。一圈一百年，又一圈两百年、三百年、四百年、五百年、一千年、一万年、一亿年。

懵了这些年，依然情不知所起，一往而深。生者可以死，死可以生。依然信誓旦旦，跨过山河，穿越时空去看你，去护你，去爱你！

我唯一的愿望

我唯一的愿望是你能开悟，开悟了才能清晰通透知道自己在想什么，在做什么，要到哪里。

若没开悟，你将面对漫漫长夜，万丈深渊；你会一直流浪在无尽的宇宙。

我开悟之后不忍心看着你，百千万亿年过去了，依然这样的苦，那样的哭，无有出期……

用功开悟

一百年的人生干吗来了？必须是用功呀！用功的方向在哪里呢？许多普普通通的人每天很努力地造作，造作呀造作。

房子、车子、票子、娘子……再优雅一点的，退休之后会努力在农村建造一个小木屋，种些许黄花菜，就这样直到凉了。

而我理解的一百年人生是体验另一种格局，是觉察另一种维度，是开启另一种视野，是用功开悟。

念念不舍

话说：一高人不远千里来到我每天讲开悟的农村清凉树下。哇塞，尽量好玩，“啪”的一声，时空停留在 2022 年 7 月 16 日 18 点 49 分，高人要云游四海去了。

临别时高人送给我四个字，让我好好领悟什么叫“念念不舍”。我细细领悟后和朋友们分享一下：一是本自具足；二是究竟果果；三是正念直来，我能护汝；四是你来，我去接你，

你不来我等你，再不来找你去。

喜欢你没道理

我就是喜欢你，喜欢你怎么了？我喜欢你不需要道理，如果非要道理，你自己找一个道理。

反正我只负责喜欢你，事实我也不知道为什么。没有你，我就不是我。总之跨过山河，穿越无尽的时空，我也要找到你。

我必须喜欢你，在我的记忆里，无人能替代你。亲爱

的你，我爱你！如果非要在爱你前加一个期限，我希望是本自具足的永恒。

来我怀里

来我怀里，或者让我住进你的心里，永恒欢喜。

你不知道我是谁，但我知道你是谁。我是曾经的你，你是曾经的我。

我是你，你是我；我不是你，你不是我。来吧，到我怀里或者让我住进你的心里！

我能想到最浪漫的事

我能想到最浪漫的事，就是和你一起，在莲华院里坐着摇椅慢慢变老，直到老到哪里也去不了，你依然愿意把我当成手心里的宝！

我能想到最浪漫的事就是和你一起聊聊无常，谈谈开悟，然后轻轻地问问你："亲，你开悟了么？"

我能想到最浪漫的事就是和你一起跨过山河，奔向人世间那可遇不可求的好玩！

爱情

所谓的爱从来都是在一次又一次的感动中，一次又一次的奋不顾身中，越来越刻骨铭心，铭心刻骨，然后永恒！

所谓的情从来都是一次又一次的把自己活成了你。每个念头都是你，全是你，永远是你，然后千古！

好玩最重要

我开悟之后，每天总是想着怎样才更好玩些。

人世间所谓的玩耍，无非吃吃，无非喝喝，无非闹闹。高级点的无非在农村建个小木屋，无非种点花花草草，无非盘盘腿自娱自乐。

归根到底都是沉浸在自己的感觉里。在人世间要想找到更好玩的事情也不容易，至少你得先开悟。

拨开云雾遇见你，才是人世间最好玩的事！

好玩好玩真好玩

话说人生难得一知己，我说人生难得一好玩。

怎样才好玩呢？我理解的好玩不是人世间那尽情的摇摆，不是红红又火火，不是花花也绿绿。

怎样才好玩呢？“啪”的一声，莲华院显化了，又“啪”的一声。我讲开悟超过 49 年，这才好玩。不信你也玩玩。

当下遇见还是历史会晤

2022 年 7 月 8 日下起了雨，农村的铁皮房也凉快了。

一位外省的老朋友千里迢迢来了。是当下遇见呢，还是历史会晤？

噢！原来是一大事因缘，本自具足。开悟，觉醒。

究竟义还有那四个字，太有趣了，太好玩了。更不可思议的居然发现了一棵好玩的树。

是名开悟树。

一棵开悟的树

我在农村铁皮房旁边天天讲开悟，居然没有发现原来铁皮房就是菩提树。有趣又好玩，好玩更有趣。

一位老朋友于 2022 年 7 月 8 日漂洋过海来看我。他说我居然是在菩提树下讲开悟！他又说若有其理，必有其事；事即是理，理即是事；事是事，理是理；理事是一也是二。

农村铁皮房是菩提树的事千真万确！

来时雨去时雨

奇哉奇哉！高人刚到我每天讲开悟的农村铁皮房清凉树下，立即约我讲讲妙开悟。

话音刚落，天下起了清凉雨。高人说：看这雨下的必然。八天过去了，高人要云游四海去了。

念念不舍之际，高人想起该做的事情，绕着农村果树园转一圈。回来说：看，出太阳呢！

天又下起了雨，奇哉奇哉！

有趣好玩的高人

我好玩，高人也好玩，于是我们在农村铁皮房旁边清凉树下相遇了。

我怎么个好玩呢？我也是不知道怎么滴，霎那间发现原来我是天天在清凉树下讲着开悟。此树即三千年前那棵树。

好玩真是好玩，高人怎么好玩呢？吃住坐卧喜怒哀乐都在展现妙开悟。

花儿笑了，小草绿了，蚂蚁乐呵乐呵了。他都知道还有更好玩的，高人出入农村大铁门也不用钥匙了（铁门正锁着呢）。

后来我干脆也不用钥匙了。

送君千里，终须一别

得知你 2022 年 7 月 16 日下午 5 点 49 分就要启程了，我没有丝丝的人世间的那种惜别，也没有眷恋你的温柔。

刚好相反，我心里想着快快启程吧，下一个我还等着你呢！

我深知该说的也说了，该做的也做了，该点的也点了。

愿彼此安好！

三个大

我在大家村一棵大清凉树下讲大智慧，这是生活层面的三个大。而大彻大悟恰好也是三个大：大彻、大悟、大本自具足。

我大彻大悟之后确实有了一个归处。若无归处，即非究竟果。我归到何处呢？此处非彼处，此处是全然的安住；此处有无尽的慈悲；此处有无尽的清凉；此处有无尽的无尽。

大彻大悟之后我确实活在了无边无际的大愿里。

自古开悟总多情

“啪”的一声，我开悟了。自古开悟总多情，开悟之后我听闻远方有你，甚是想念。

于是动身跋涉千里来到农村清凉树下讲开悟。远方的朋友们你们听到了吗？你们还好吗？

我在清凉树下等你们噢！不见不散。

我习惯你的温柔

我习惯了你的温柔，也习惯了你的本自具足，你的无尽清凉，你的无尽慈悲，你的究竟果果。

在无边无际的时间空间里，一度以为我变成了你。又在无量的梦境里恍然发现我就是你。

就这样直来直去，我一直在你的温柔海里。此时我像极了刚出生的婴儿。

我在长夜里呼唤你的名字

无量的很久以前，我在黑漆漆无边无际的长夜里徘徊着、嬉戏着、眷恋着。

忽有一日，“啪”的一声，若隐若现，若即若离，若来若去。在恍恍惚惚间我好像听到了你的呼唤。你流露出最动听的声音。

我好像看到了你的真颜，你显化出人间最美的相。你对我说：跟着我读……

又是“啪”的一声，在无边无际的长夜里居然透出一道光，刹那间，万古长夜变成了不可思议的不可思议。

噢噢噢，嗯嗯嗯！原来你一直都在我的身边从未分离！

轻轻地我到了

轻轻地我到了农村铁皮房旁边一棵清凉树下，还没走。

正如你轻轻地来了也没走。

你带着美丽的使命如期而至，我深知你只能到这里，必定到这里，已经到这里。

轻轻地我走了，轻轻地你也走了，正如我们轻轻地来，不带走一片树叶！

娇嫩欲滴的花

我是一棵没人理睬的小草，卑微又卑微。卑微怎么了？我是一棵小草，我也有一个小目标。先显化一个莲花院，娱乐一下下。

我是一棵小草，但也想着做一朵娇嫩欲滴的鲜花。梦想总是要有的，很快就会实现。

我是一棵小草，但我也有一个参天大树的愿力，普度众生。

我是一棵小草但我也本自具足，应有尽有！

飞快

一年一年，一月一月，一天一天，一分一秒，飞快飞快！

有时甚至来不及给你讲一堂你听不懂的开悟的课。

岁月不饶我也不饶你，飞快飞快，所以我要且行且珍惜。

于是我来到农村住着铁皮房，吃着干的粮，天天讲你听不懂的开悟的课。

再借我五百年

我发了两个大愿，一个是每天讲开悟超过 49 年，一个是财富提升帮助更多每天讲开悟的普通人。

忽有一日讲着讲着，“啪”的一声，恍然发现众生比牛毛多。

这下可好，49年不够用了。要不我向老天再借五百年？可是万一老天答应我了，借到的五百年怎么还呢？……

地球，太阳，月亮

曾经的我跨过星辰大海也要遇见你。噢，美丽的星星呀，一闪一闪亮晶晶。你呀你，尽是万丈柔情，尽是千般做作，尽是百分妩媚！

在浩瀚无垠的征途中，我造作自己的想法，摆弄自己的身姿，调理自己的呼吸。我都是为了你，为了本身具足的你。

在无边无际的长夜里，我在学六弦琴，在造莲花院，在写柔情诗；在显化财富。我都是为了你，为了独一无二的你！

我，你，你，我，你我，我你。地球呀，太阳，月亮，弯弯如勾弦，恰似你千百世的温柔！

可爱的小蚂蚁

开悟之后我盯着看一只只可爱的小蚂蚁。每天二十四小时怀着理想，揣着诗和远方，构建着属于自己的世界。

开悟之后我看着一朵朵漂亮的花开心地绽放着。事实上，美丽的花朵她是知道自己如花。

开悟之后我想着，一个个红彤彤的苹果自信地悬挂在树上，确实这棵苹果树即是一个世界。

开悟之后可爱了、喜悦了、柔和了、感恩了，该干吗干吗了。

面朝大海，春暖花开

一直想着和你一起，面朝大海，春暖花开；潮起潮落，缘生缘灭。

一直想着就这样永恒。开悟之后我才晓得，原来这只是一首美丽的诗。

一直想着和你一起化作庄子笔下的小鸟翱翔宇宙，后来才发现我和你本就在一起。

本自具足，从未分离。不需要刻意地面朝大海春暖花开；也不需要刻意地化作春泥更护花。

爱你一直都是我的使命！

朋友们，启航了

朋友们，这次真要启航了！我既是一艘远行的船又是大海上的灯塔。

我深知我是谁，我从哪里来，驶向哪里去。我知道我要高高山顶立，深深海底行。我要在星辰大海里面晃呀晃。

是的，那是一道光，飞翔吧，天鸿大侠！

感恩又感谢

人生如梦，梦如人生。匆匆一百一十三年，我轻轻地来了，又轻轻地走了，没带走一片云彩。

但我带走了我的大愿，我要每天讲开悟超过 49 年，因为当年在一棵树下觉醒的他只讲了 49 年。

我要财富提升帮助更多和我一样的人财富似水，水利万物而不争，人生似梦却又不是梦。所以我要积极向上；要柔和喜悦；要感恩感谢。

感恩宇宙，感谢你们，热爱自己。

最贵的你

忽有一个念头，想拿着 108 颗念珠讲开悟。

我说我要这个宇宙中最贵的定做木制圆珠。唯有开悟的我才配最贵的你。

曾想着若干年后拿着这串念珠换点酒干。

108 颗圆珠，108 个你

忽有一天，我说我想有 108 颗圆珠，我要戴着它讲课，讲智慧讲开悟。

你说三天后就会显化在我面前。我说我要的不是 108 颗圆珠，而是你给的我才要。

我知道 108 颗圆珠就是你。我要的是和你每天一起普度众生！

互换

找开悟的人在找开悟。我开悟了（每个人本来开悟）又在找名利双收。

人生在互换宇宙，在轮替。众生抛却名利钻进开悟，我要名利双收，以便更好地迎接众生！

我做的一切

我做的一切都是为了大众。你做的一切也是为了普度众生。

所以无论是我现在做的事情，还是你现在做的事情都是一样，都为了普度众生。

从智慧的角度，开悟的角度。所谓的众生无非就是自己，宇宙就是自己。所以从智慧角度都是在帮助自己。

一起幸福去

一起幸福好吗？好的！今天你幸福了吗？还没呢！开心就幸福了，怎么就开心不起来呢？

房子、车子、票子确实很重要，没有它们怎么能开心？有了它们果真开心吗？

真要开心很简单，把心打开就好了。把自己完全地敞开，让宇宙向自己流淌。

切记是让宇宙向自己流淌，不是让自己奔向宇宙。切记知所先后则近道矣。自己是主要，宇宙是次要。

好了，我们发一个莲华愿，一起幸福去！

莲华愿

我能想到最浪漫的事就是和你一起用美丽的、可爱的充满智慧的砖头，堆砌莲华院的墙。这是我们共同的莲华愿！

嗯，我要和你一起用大彻大悟的砖头堆砌莲华院的墙。

莲华院里面有莲华愿，莲华愿要在莲华院里完成。

嗯，美丽的莲华院，可爱的莲华愿。我在莲华愿里面看到了一朵吉祥如意的芳花。

见或不见

见或不见我都在那里，永恒欢喜。曾经我见过你，如今你想见我，见或不见尽是缘分。

有缘千里来相见，无缘对面不相逢。见或不见本自具足。随缘安住从未分离。

见你必定会见你，千里冰河万座山川，也阻挡不了那分热爱。不见你，让你住进我的心里。

永远护着你，等着你大彻大悟。